Sófocles

Édipo Rei

Tradução e adaptação em português de
Cecília Casas

Ilustrações de
Ricardo Montanari

editora scipione

Edição
Sâmia Rios

Assistência editorial
José Paulo Brait e
Camila Carletto

Revisão
Claudia Virgilio, Graziela Marcolin,
Roberta Vaiano, Viviane Mendes e
Thiago Barbalho

Coordenação de arte
Maria do Céu Pires Passuello

Programação visual de capa e miolo
Didier D. C. Dias de Moraes

Diagramação
Marcos Zolezi

editora scipione

Avenida das Nações Unidas, 7221
Pinheiros – São Paulo – SP – CEP 05425-902
Atendimento ao cliente: (0xx11) 4003-3061

www.aticascipione.com.br
atendimento@aticascipione.com.br

2017
ISBN 978-85-262-4257-9 – AL
Cód. do livro CL: 733749
CAE: 225805
1.ª EDIÇÃO
13.ª impressão

Impressão e acabamento
Brasilform Editora e Ind. Gráfica

Traduzido e adaptado de *Edipo Re, Edipo a Colono e Antigone*. Milano: Arnoldo Mondadori, 1982.

Ao comprar um livro, você remunera e reconhece o trabalho do autor e de muitos outros profissionais envolvidos na produção e comercialização das obras: editores, revisores, diagramadores, ilustradores, gráficos, divulgadores, distribuidores, livreiros, entre outros.
Ajude-nos a combater a cópia ilegal! Ela gera desemprego, prejudica a difusão da cultura e encarece os livros que você compra.

Dados Internacionais de Catalogação na Publicação (CIP)
(Câmara Brasileira do Livro, SP, Brasil)

Casas, Cecília

    Édipo Rei/Sófocles; adaptação de Cecília Casas; ilustrações de Ricardo Montanari. – São Paulo: Scipione, 2002. (Série Reencontro literatura).

    1. Literatura infantojuvenil I. Sófocles, apr. 496-406 a.C. II. Montanari, Ricardo. III. Título. IV. Série.

02-0607   CDD-028.5

Índices para catálogo sistemático:
1. Literatura infantojuvenil   028.5
2. Literatura juvenil   028.5

Este livro foi composto em ITC Stone Serif e Frutiger
e impresso em papel Offset 75g/m².

QUEM FOI SÓFOCLES?

Poeta trágico e autor teatral grego, Sófocles nasceu por volta de 496 a.C., na pequena localidade de Colono (ou Colona), nas imediações de Atenas.

Filho de Sófilos, um rico armeiro, dispunha de grandes recursos financeiros e recebeu educação esmerada. Tinha bela aparência e dela se valeu em algumas experiências de palco. Foi feliz na vida particular e teve dois filhos: Iofon, de sua esposa Nicostrata, e Ariston, de sua concubina Teoris de Scione. Iofon tornou-se um poeta trágico, o que, aliás, viria também a ser o caso de Sófocles, o Jovem (neto favorito do poeta).

Sófocles exerceu importante papel na vida pública: em 443, participou de uma revisão do tributo pago pelos aliados de Atenas; em 441, participou da expedição de Samos, juntamente com Péricles; mais tarde, foi estrategista junto a Nícias.

O poeta foi por 24 vezes vencedor de concursos dramáticos, a primeira em 469 a.C., derrotando o próprio Ésquilo, seu antecessor, de quem era discípulo e admirador. Escreveu mais de cem obras dramáticas, mas apenas sete chegaram até nós: *Ajax*, *Antígone*, *As Trácias*, *Édipo em Colono*, *Édipo Rei*, *Electra* e *Filoctetes*. A ele se atribuiu o aperfeiçoamento da cenografia e a admissão do terceiro ator (anteriormente a estrutura dos diálogos consistia na participação de até dois atores). Mas sua grande contribuição foi, sem dúvida, ter dado à tragédia a sua estruturação definitiva, que permanece até os dias de hoje.

Sófocles foi muito celebrado em seu tempo e é ainda o mais representado autor do teatro grego no mundo inteiro. Morreu em 406 a.C.

Para melhor entendimento da obra *Édipo Rei*, veja, no final do livro, um glossário com os nomes de algumas divindades, reinos e regiões nele citados.

Sobre a Tebas de Cadmo, da qual Édipo era rei, abatera-se uma enorme desgraça. A cidade extinguia-se nos rebanhos, nos embriões que guardavam os frutos e no insucesso dos partos das mulheres. E ainda na peste maligna que devastava os lares, fazendo o negro Hades (reino dos mortos) ressoar com soluços e prantos.

Então, guiados por um sacerdote de Zeus, os cidadãos de Tebas depuseram, nos degraus do altar, que se erguia diante do palácio real, os ramos de oliveira dos súplices.

Édipo, deixando o palácio, cônscio de que a cidade cheira a incenso e ressoa de invocações e de lamentos, declara aos súplices ter vindo pessoalmente atendê-los, por não achar justo saber de terceiros o porquê de estarem ali reunidos diante do seu altar e na praça, ao redor dos templos de Atena, junto às cinzas proféticas de Ismênio, filho de Apolo.

– Fale, velho! – diz ao sacerdote. – Você é o mais indicado a fazê-lo. Por que estão aqui? Com que intuito? Estou pronto a ajudá-los. Seria um homem insensível se suas súplicas não me comovessem.

– Édipo, rei desta minha terra, a cidade, como bem vê, está mergulhada num torvelinho de sangue e de peste, do qual não consegue se livrar. Por considerá-lo não apenas semelhante aos deuses, mas também o primeiro entre os homens, nós, os cidadãos de Tebas, nos prostramos aos pés do seu altar. Foi você que, recém-chegado, nos livrou do tributo que pagávamos à Esfinge, a cantora cruel, e agora, nesta hora de amargura, ó melhor entre os homens, redima esta cidade do mal que a consome e renove a sua fama,
para que o futuro não o encontre reinando em um deserto.

– Filhos desventurados, estou bem ciente dos males que os impeliram a vir até mim. Sei o quanto sofrem. Acreditem, não vieram despertar um homem adormecido. Muita lágrima verti e muita estrada percorri em pensamento, por isso decidi enviar meu cunhado Creonte, filho de Meneceu, ao santuário pítico de Delfos, a fim de consultar Febo a respeito do que fazer para salvar a cidade. Ele já deveria ter chegado, e isso me aflige, mas assim que chegue, seguirei ao pé da letra os ditames do deus.

Nesse momento, alguns súplices avisam que Creonte está entrando na cidade, sendo portador de boas-novas, pois traz à cabeça uma coroa de louros.

Édipo o recebe, pressuroso.

– Príncipe, caro cunhado, filho de Meneceu, qual a resposta do deus, que disse o oráculo?

– Para que a situação não se torne irreversível – diz Creonte –, Febo exige, claramente, que expulsemos a impureza que medrou e se alimentou nesta cidade, banindo os culpados ou pagando morte com morte.

– E a morte de quem denuncia o deus?

– A morte de Laio, que, antes de você, foi o rei de Tebas. Segundo o oráculo, enquanto essa morte não for vingada, não se estancará o sangue impuro que contamina a cidade.

Creonte conta, então, que Laio fora a Delfos consultar os oráculos (para saber do deus se o filho que condenara à morte morrera efetivamente) e não regressara. Do fato só restou uma testemunha que, ao voltar, narrou que o rei, agredido por bandidos na estrada, não resistira aos ferimentos.

– Como um bandido poderia arvorar-se a tamanha audácia se não tivesse sido comprado por algum traidor?

– Assim pensamos, mas não tratamos de apurar o crime na ocasião, porque a Esfinge, a ambígua cantora, nos forçava, com seus enigmas, a nos preocupar sobretudo com o presente e deixar de investigar aquele mistério. O assassinato de Laio já pertencia ao passado.

Diante disso, Édipo, inclinando-se a pensar que não se trata somente de suprimir um rei, mas de precipitar a queda de um trono, por obra de uma facção tebana desejosa de pôr termo à linhagem real dos Labdácidas, assume, perante o povo, o compromisso de investigar a fundo a morte de Laio, não só pelo bem da cidade, como também para proteger-se, pois a mesma mão que eliminara o seu antecessor poderia, objetivando o poder, eliminá-lo.

Com isso, os circunstantes partem tranquilizados e Édipo retorna ao palácio.

Nesse momento entra o coro, composto de velhos tebanos que cantam regidos pelo corifeu:

Doce palavra de Zeus,
meu coração treme de sacro terror,
que mensagem você envia da Delfos dourada à Tebas
[esplendente?
Que débito devemos ainda pagar, Febo soberano?
Diga-me, pitonisa, ó filha da áurea esperança,
voz imortal.

Antes de todos os deuses, invoco Atena,
filha divina de Zeus,
que, sentada em trono glorioso,
protege esta terra,
e Febo curandeiro,
que, já uma vez, repeliu a chama do mal
que destruía esta cidade.

Todo o meu povo está doente...
Não amadurecem os frutos do nosso solo,
antes generoso,
e as mulheres não resistem às dores do parto:
como aves céleres,
mais rápidas que o fogo indomável,
vemo-las lançarem-se às praias do Hades,
o deus do Ocidente.

Cadáveres infectos juncam o chão espalhando o morbo e,
ao pé das aras,
jovens esposas e mães encanecidas
imploram o fim do sofrimento e do luto.
Socorra-nos, filha dourada de Zeus!

Ares violento,
que, sem necessidade de escudo de bronze, investe contra nós,
fracos e indefesos,
retroceda, em fuga desabalada,
para além dos confins desta terra.

Zeus pai,
deus do relâmpago fulminante,
aniquile-o com seu raio!

Apolo lício, que os dardos desfechados
pelas cordas tensas do seu arco dourado
partam indômitas,
para o meu bem e para a minha proteção.

Baco, companheiro das mênades,
incinere esse deus,
de todos o mais odiado.

Logo a seguir, Édipo retorna com um edito, exortando o povo a ajudá-lo:

– Cidadãos, atendam às minhas palavras, a fim de que eu tenha condições de livrar Tebas da calamidade que sobre ela se abateu.

"Por ter chegado a esta cidade depois da morte de Laio e por ter decifrado o enigma da Esfinge, fui proclamado rei e recebi por esposa Jocasta, viúva de Laio. No entanto, apesar de transcorridos tantos anos,

não deixo de ser um estrangeiro nesta cidade. Por isso, sozinho, sem nenhuma pista, não irei muito longe nesta investigação. Aquele que souber quem matou Laio que fale. Quem se acusar não sofrerá outra pena senão a de seguir, incólume, para o exílio. Aquele que se calar, para proteger a si mesmo ou a um amigo, receberá o castigo merecido.

"Eu, como rei desta terra, ordeno que não dirijam palavra a este criminoso, que não participem, a seu lado, de nenhuma prece ou rito nem lhe ofereçam a água lustral, mas que o expulsem de suas casas, de seu convívio, por ser ele, segundo o oráculo de Delfos, a causa do mal que nos agrava. E rogo aos deuses para que esse infame acabe miseravelmente os seus dias."

E prossegue:

– Exijo que se obedeça a este edito: por mim, por Febo, por esta terra martirizada pela infertilidade, abandonada dos deuses.

"Um homem justo, um rei foi assassinado, portanto eu, que detenho o poder que antes lhe pertencia, que deito com a mulher que ambos fecundamos e com a qual teríamos gerado uma prole – se ele nesse ponto não tivesse falhado – tudo farei para descobrir quem derramou o sangue do filho de Lábdaco, descendente de Polidoro, de Cadmo e de Agenor, o antigo.

"A quem transgredir, imploro não permitam os deuses que germinem as sementes de suas terras, que vinguem os filhos de suas mulheres. Aos tebanos respeitadores deste edito, desejo que Dikê, a ordenadora do universo, e todos os deuses os protejam para sempre."

O corifeu aventa, judiciosamente, caber a Febo revelar o nome do culpado, ao que Édipo, embora concorde, responde que ninguém pode forçar um deus.

– Gostaria de lembrar – continua o corifeu – que Tirésias, o áugure, vê tudo o que Febo vê. Se interrogado, poder-se-á chegar a alguma conclusão. Correm vozes de que Laio teria sido assassinado por viajantes, não por bandidos...

– Vamos chamá-lo – diz Édipo.

Conduzido pelas mãos de um menino, chega Tirésias, o cego adivinho, inspirado pelos deuses.

– Tirésias, nosso profeta e salvador – diz o rei –, como você deve ter ouvido dos mensageiros, Febo, à nossa consulta, respondeu que só nos livraremos da maldição que pesa sobre nós, tebanos, se banirmos ou condenarmos à morte os assassinos de Laio. Você que vê todas as coisas, claras e ocultas, do céu e da terra, ajude-nos, através do presságio dos pássaros ou de outra forma de adivinhação, a descobrir esses assassinos, a fim de eliminar o cruor dessa morte.

– Ai de mim! – retruca Tirésias. – Deixe-me voltar para casa, meu soberano. Mais facilmente você suportará o seu destino permitindo que eu me retire.

– Não pode nos deixar sem resposta, velho. Em nome dos deuses, se sabe de algo, não nos dê as costas.

– Não desejo ser portador de sofrimento. Por que insistir nestas indagações inúteis? De mim você não saberá nada, meu rei. Tudo virá à tona, mesmo que eu me cale.

– O que virá à tona? Eu preciso saber.

E, como Tirésias se obstina em permanecer calado, demonstrando, no parecer de Édipo, desprezo pela cidade, este começa a se exaltar, e a sua exaltação, que é sempre terrível, culmina com a acusação de que ele, Tirésias, seria o autor intelectual de tão hediondo crime e que, se não fosse cego, teria desfechado o golpe mortal.

– Então sou obrigado a declarar – responde Tirésias – que você deve seguir à letra o seu edito, porque você é o ser maldito que contamina esta terra.

– Não compreendi bem o que disse. Repita – ordenou Édipo, indignado.

– Repito que você é o assassino que está procurando, e se quiser saber mais, para mais exacerbar a sua cólera, afirmo que vive em união incestuosa com sua mãe e que não tem a mínima ideia do abismo em que se precipitou.

– Você acha que pode continuar a falar assim impunemente?

– Acho, se a verdade conserva o seu poder.

– Toda essa maquinação foi tramada por você ou por Creonte?

– Você é a nossa ruína, Édipo, não Creonte.

A essa altura, convencido de que o adivinho e Creonte tramam para tomar-lhe o poder, tacha-o de charlatão, de cego de nascença, e pergunta-lhe por que, ao tempo da Esfinge, não fora capaz de resolver o enigma que livraria os cidadãos do duro tributo que pagavam, ao passo que ele, recém-chegado, com a força da inteligência, emudecera para sempre a cruel cantora sem ter precisado se valer do voo das aves.

– Embora você seja um rei – retruca Tirésias –, tenho direito de responder-lhe de igual para igual, porque não sou seu servo, nem servo de Creonte, mas de Febo. Como se referiu à minha cegueira, eu lhe digo que agora você enxerga, mas em breve só verá trevas, quando compreender o verdadeiro sentido do seu casamento e o mal feito a si mesmo e a seus filhos, seus irmãos. E se agora você denigre a mim e a Creonte, afirmo que nenhum mortal será mais desprezado, mais vilipendiado que você.

Diante de tamanha audácia, Édipo, enfurecido, ordena-lhe que saia imediatamente.

– Saio – prossegue Tirésias –, mas antes devo dizer-lhe, sem medo, que o homem que você procura pela morte de Laio está aqui, diante de mim. Aquele que é aparentemente um forasteiro logo se revelará um cidadão de Tebas. Vê, mas ficará cego. É rico e tornar-se-á mendigo. Vagará por terras estrangeiras apoiado a um bastão. E descobrirá que é pai e irmão dos filhos que gerou, esposo e filho da mulher que o pariu e assassino de seu pai. Agora entre e reflita, soberano.

Quem
a fatídica rocha de Delfos
acusa de haver, com mãos sangrentas,
cometido o mais nefando dos crimes?
Agora mesmo ressoou,
nítida no Parnaso,
a ordem do deus:
"procurem o assassino de Laio",
o qual vaga por matas, por grutas, entre escarpas,
para furtar-se à resposta
emanada do umbigo do mundo.
Mas o oráculo vive eternamente
e voa e revoa a seu redor, como um tavão.
Medo, sim, tenho medo.
Perturbou-me o áugure sagaz...
Não posso, porém, acreditar no que diz,
Como não posso, também, desdizê-lo.
Não sei o que pensar.
Que discórdia irrompeu, hoje ou ontem,
entre os Labdácidas e o filho de Pólibo, não sei dizer...
E, sendo assim, não tenho elementos para manchar
o brilho da fama de Édipo.
Por isso, enquanto tudo não for esclarecido,
jamais pactuarei com quem acusa o meu rei,
porque, um dia, quando diante de todos
a virgem alada o desafiou,
sábio mostrou-se ante a prova
e propício à nossa cidade.
Meu coração jamais o acusará de um delito.

Creonte aparece inesperadamente e se dirige ao povo:
— Cidadãos, aqui estou porque chegou a meu conhecimento que Édipo, nosso rei, lançou terríveis acusações contra mim, o que não posso tolerar, sobretudo na atual conjuntura, em que poderia ser considerado um traidor pelos que me são caros e pelo povo de Tebas.

O corifeu tenta acalmá-lo, sugerindo terem sido palavras nascidas de um acesso de cólera e não de íntima convicção, ao que Creonte replica:
— Não foi dito, expressamente, que eu e o adivinho teríamos agido de comum acordo?
— Sim, foi dito, porém não sabemos com que intenção. Mas veja, Édipo acaba de sair do palácio.

– Ei, você aí... Creonte! – grita Édipo. – Como ousa apresentar-se aqui, você, que, ao que tudo indica, atenta contra o meu trono? Ande, fale, em nome dos deuses, acaso notou algum indício de torpeza, algum sinal de demência de minha parte que o haja induzido a proceder assim? Não é insensato esse seu projeto de escalada sem o apoio das massas ou, ao menos, de amigos, quando é sabido que o poder se conquista com dinheiro e com o concurso do povo?

– Sabe o que deve fazer? Ouvir e, depois de ouvir, concluir por si mesmo – responde Creonte.

– Difícil ouvi-lo, Creonte, agora que você demonstrou ser o meu pior inimigo.

– Diga o que fiz de mal.

Édipo, então, com a força do seu raciocínio, procura juntar as peças do novo enigma que a acusação de Tirésias lhe propôs e pergunta:

– Como pode ser, Creonte, que, passados tantos anos da morte de Laio, Tirésias, que já praticava a arte divinatória, nunca tenha feito nenhuma alusão a meu nome? E como se explica que, indagado sobre aquela morte, nunca tenha feito nenhuma revelação esclarecedora? E como se explica que, só agora, o grande sábio tenha resolvido lançar luzes sobre o pas-

sado, acusando-me da morte de Laio? Se não estivesse mancomunado com você, Creonte, Tirésias jamais ousaria chamar-me de assassino.

– Agora escute, Édipo. Você não é casado com minha irmã? Não governa este país partilhando com ela o poder? E eu, não sou igual a vocês?

– E é justamente aí que você se revela um falso amigo.

– Não, não é verdade. Basta seguir a linha do meu pensamento: por que uma pessoa, dispondo de iguais direitos, preferiria arcar com o ônus do poder, em vez de dormir um sono tranquilo? Eu, como qualquer pessoa dotada de bom-senso, não nasci com febre de poder. Prefiro viver como um rei a ser um rei. Por que seria o poder mais atraente que gozar de prestígio e de uma autoridade livre de responsabilidades? Eu recebo tudo de você. Todos me querem bem, me saúdam, pedem meu apoio. Jamais seria cúmplice de um atentado. Se quer uma confirmação, vá a Delfos, certifique-se de que lhe transmiti exatamente a resposta do oráculo e, se ficar convencido de que conspirei contra você, juntamente com o intérprete dos portentos, decrete minha morte. Porém, não me acuse com base em simples suspeita.

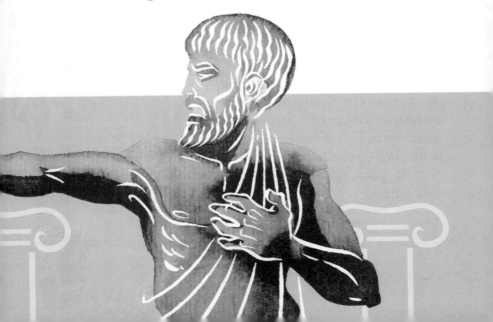

O corifeu aconselha o rei a não emitir juízos precipitados e a reconhecer que Creonte falara bem.

– Quem trama na sombra avança rapidamente – Édipo responde –, e devo agir com presteza, senão perderei a batalha.

– O que pretende? Expulsar-me desta terra? – pergunta Creonte.

– Para você não quero o exílio, Creonte. Quero a morte.

Nesse momento, Jocasta, que deixa o palácio, diante dessa discussão, não se contém:

– Insensatos! – exclama. – Não se envergonham de resolver problemas pessoais quando a cidade enfrenta os horrores da peste? Não transformem em tragédia uma coisa insignificante.

– Descobri, rainha, que Creonte trama contra mim.

– E eu, por minha vez, afirmo que preferiria morrer amaldiçoado a fazer tal coisa.

– Em nome dos deuses, Édipo, confie em Creonte! Respeite esse sacro juramento, respeite a si mesmo e as pessoas que estão diante de você – pede Jocasta.

O coro intervém, dialogando com Édipo:

– Escute, reflita, ceda, meu
  soberano, eu lhe suplico.
– Em que deverei ceder?
– Respeite este homem
  que nunca foi irresponsável
  e que agora, por juramento, tornou-se sagrado.
– Mas você tem ideia do que me pede?
– Tenho, pois sei que o amigo que deu a sua palavra,
  sob juramento,
  não pode ser acusado e não deve ser desonrado
  por uma suspeita obscura.
– Se for assim – responde Édipo –, você, sem sombra de
  dúvida, opina pela minha morte ou pelo meu exílio.
– Não – prossegue o coro –, não, pelo deus que é,
  entre todos, o primeiro.
  Não, pelo Sol.
  Que eu morra, abandonado dos deuses e dos amigos,
  a morte mais miserável,
  se a isso almejo.
  Mas, não posso negar, eu sofro.
  Esta terra que se extingue
  me devora a alma e mais ainda se,
  aos antigos, se somarem novos males,
  criados por vocês.

– Está bem. Siga tranquilo – diz Édipo ao coro. – Não importa o meu fim, se condenado a morrer à míngua ou a ser expulso à força desta terra. Suas palavras moveram-me à piedade. Não, porém, as de Creonte. Onde quer que ele se encontre, sempre despertará meu ódio.

– Você cede, Édipo – fala Creonte –, mas com ressentimento, claro, com a mesma intolerância que demonstra quando dominado pela cólera. Um caráter como o seu representa, inevitavelmente, um perigo para si mesmo.

Após esse comentário, Creonte se retira e Jocasta dirige-se ao marido, a fim de entender o porquê de tanto ódio.

Édipo explica que o motivo desse ódio reside no complô que Creonte, com o concurso de Tirésias, armou, acusando-o do assassinato de Laio.

– Ninguém no mundo domina, plenamente, a arte divinatória – diz Jocasta. – E vou prová-lo com poucas palavras. Predisseram a Laio – não sei se o próprio Febo ou um sacerdote de Delfos – que era seu destino morrer pelas mãos de um nosso filho. Então, três dias depois do nascimento de um filho que tivemos, ele mandou que o abandonassem, com os tornozelos atados, no alto de um monte inacessível, para ali morrer. Pois bem, segundo consta, Laio foi assassinado por bandidos, em uma encruzilhada. Assim, nem o filho tornou-se assassino do pai, nem o pai morreu pelas mãos do filho.

– Que mal-estar, que estranha sensação me causou saber que Laio morreu em uma encruzilhada... Em que lugar?

– Na Fócida, exatamente onde se encontram as estradas que convergem de Delfos e da Dáulia.

Édipo parece entrar em pânico:

– Ó Zeus, o que quer fazer comigo? Diga, Jocasta, que idade tinha Laio e qual era sua aparência?

– Era alto, de cabelos ligeiramente grisalhos...

– E há quanto tempo foi isso?

– Pouco antes de você ter chegado a esta cidade.

– Pobre de mim, desventurado, que contra mim mesmo

lancei, há pouco, tremenda maldição! Talvez o adivinho falasse a verdade... Diga, Jocasta, Laio seguia com uma pequena escolta ou com um grande séquito, como convém a um rei?

— Eram cinco homens ao todo, num mesmo carro. Destes só restou um servo que, ao voltar, implorou, tocando-me as mãos, que o deixasse partir para o campo, a apascentar as ovelhas.

— Vamos chamá-lo.

— Sim, vamos chamá-lo. Mas, posso saber, meu senhor, o motivo de tamanha aflição?

— Você pode e deve saber, minha rainha, já que me sinto abalado por tenebrosos pressentimentos.

"Meu pai é Pólibo, de Corinto; minha mãe, Mérope, da Dória. Em Corinto, eu era considerado o mais respeitável dos cidadãos, até o momento em que ocorreu um acidente muito desagradável.

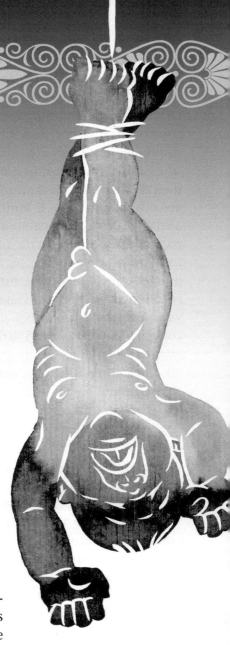

21

"Durante um banquete, um dos convivas, já bastante embriagado, me chamou de bastardo. No momento me contive, mas, na manhã seguinte, fui falar com meus pais, que ficaram extremamente irritados com aquela pessoa que nos havia insultado. Embora tranquilizado, aquela palavra continuou a me torturar, de forma que decidi ir a Delfos, onde Febo recusou-se a responder a minha pergunta, mas, em contrapartida, adiantou-me outras desgraças, bastante graves. Segundo o oráculo, era meu destino unir-me à minha mãe e gerar uma prole intolerável aos olhos do mundo. E, ainda, que eu mataria o pai que me dera a vida. Diante disso, seguindo o curso das estrelas, deixei Corinto para sempre, em busca de um lugar onde nunca, jamais tal profecia pudesse se realizar. E, em minha peregrinação, cheguei a uma encruzilhada, onde topei com um arauto e, logo depois, com um carro, em que viajava um homem como você descreveu. Altercamos quanto à precedência na passagem, e ele e o cocheiro procuraram empurrar-me, com violência, para fora da estrada. Defendi-me, golpeando o cocheiro. O senhor de cabelos grisalhos atingiu-me com um látego de duas pontas. Pagou caro pela agressão: golpeei-o com um bastão... Depois matei todos os que o acompanhavam. Agora, se existe algum parentesco entre esse homem e Laio, deverei ser expulso de Tebas. Eu mesmo lancei essa maldição contra mim... e, exilado de Tebas, não poderei voltar a Corinto, sob pena de matar meu pai e casar com minha mãe. Ó deuses, que eu não veja esse dia! Que eu suma da face da terra antes de macular-me com tamanha desgraça!"

O corifeu o aconselha a aguardar o testemunho de quem presenciou o fato.

– Realmente, minha esperança está nesse pastor. Se ele confirmar que os assassinos eram mais de um, estarei livre de apreensão, mas se citar apenas um viajante solitário, sem dúvida a culpa recairá sobre mim.

– Não – disse Jocasta –, toda a cidade ouviu a história do pastor. Mesmo que ele tenha se enganado em algum ponto, a profecia de que Laio morreria pela mão de nosso filho não poderia se realizar porque essa pobre criança faleceu muito antes do pai. Portanto, no futuro, procurarei precaver-me no que concerne a adivinhações.

– Mesmo assim, tragam o pastor à minha presença.

Que me seja dado guardar a mais santa pureza
de palavras e ações,
no que diz respeito às leis sublimes
que vigoram
no alto dos céus.
Quem pode vangloriar-se
de desviar de sua vida
os dardos dos deuses?

Se isso acontecer,
nunca mais, como devoto peregrino,
encaminhar-me-ei ao umbigo inviolável do mundo,
ou ao santuário de Febo, na Fócida,
ou a Olímpia.

Se isso acontecer,
e falharem as antigas profecias de Laio,
Febo deixará de ser honrado,
e desaparecerá o culto dos deuses.

Nesse meio tempo, portando a oferenda de coroas, Jocasta dirige-se ao templo dos deuses, a fim de implorar-lhes que liberem a cidade da impureza que a consome.

No caminho, dá com um emissário de Corinto, que traz a notícia de que Pólibo falecera e de que Édipo seria, provavelmente, proclamado rei pela vontade popular.

Imediatamente, Jocasta ordena que uma de suas servas chame Édipo.

– Onde estão os vaticínios dos deuses?! – exclama Jocasta, exultante. – O homem do qual Édipo, durante anos, fugiu por medo de matá-lo está morto... e pelas mãos do destino!

Quando Édipo chega, ela diz:

– Escute este homem e veja em que redundaram os solenes oráculos píticos.

Cientificado pelo arauto de que o pai morreu de morte natural, vitimado pelos anos, Édipo declara:

– Por que, minha rainha, consultar daqui por diante a ara fatídica de Delfos, ou as aves que grasnam nos céus? Segundo elas, eu deveria matar meu pai, o qual, na verdade, jaz no mundo subterrâneo, sem que o fio de minha espada o tivesse tocado.

– Não foi o que eu disse?

– Resta ainda o receio de desposar minha mãe...

– Como o homem é joguete do destino e não possui o dom de prever o futuro, o melhor a fazer é viver o dia a dia. Não tema as núpcias com sua mãe. Antes de você, muitos homens uniram-se às mães em sonhos.

As palavras de Jocasta, porém, não aplacam a aflição de Édipo, que confessa recear a segunda parte dessa profecia, já que sua mãe está viva.

O mensageiro de Corinto indaga, então, o porquê desse receio, e Édipo lhe diz que, segundo a profecia de Febo, um dia ele desposaria sua mãe e mancharia a mão com o sangue de seu pai.

– E, por isso, há muito deixei Corinto. Tive sorte, claro, mas a felicidade de ver o rosto de meus genitores me foi negada para sempre.

– Foi esse o motivo de o senhor ter optado pelo exílio, soberano?

– Sim, para não me tornar assassino de meu pai e para evitar o incesto com minha mãe; é esta a minha obsessão.

Então o emissário de Corinto, com o propósito de tranquilizá-lo, esclarece:

– O senhor não é filho de Pólibo e de Mérope. Eles o adotaram, pequenino, e o amaram como se fossem seus pais verdadeiros. Na verdade, o receberam de minhas mãos, e eu, por minha vez, o recebi das mãos de um servo de Laio, quando apascentava as ovelhas no alto do Citeron. Lembro-me bem de seus tornozelos atados e de seus pés inchados, soberano, circunstância essa que lhe deu o nome. *Édipo* significa 'pés inchados'.

– Existe aqui alguém que conheça o servo a que se refere este homem? Chegou, enfim, a hora de tudo se esclarecer – diz Édipo para si mesmo.

– Este servo não é outro senão o pastor que aguardamos – afirma o corifeu. – Mas Jocasta poderá informar melhor. Ei-la.

– Não, Édipo, não – implora Jocasta. – Basta o meu sofrimento. Em nome dos deuses, se tem amor à vida, não pergunte mais nada. Falo por seu bem. São bons conselhos.

– Não posso escutá-la – responde Édipo, obstinado. – Preciso saber.

Jocasta, então, volta ao palácio, como que vergada ao peso de uma grande dor.

– Por que, Édipo – pergunta o corifeu –, a rainha partiu, assim, como dilacerada por uma pena lancinante? Temo que deste silêncio resulte uma tormenta...

– Que resultem todas as tormentas do mundo!... Eu preciso conhecer a minha origem, por mais humilde que seja o meu berço. Ela, talvez, como todas as mulheres, sinta-se envergonhada se, realmente, for assim, mas eu, que me considero filho da Fortuna benfazeja, não me sentirei diminuído com isso. A Fortuna é minha mãe e tudo que vivi me tornou não só humilde, mas também grande. Se essa é minha origem, por que ignorá-la?

Se sou bom profeta,
se tenho a mente clara,
amanhã, ao plenilúnio, ó Citeron,
você será celebrado
com cantos e danças,
por ter salvado a vida de Édipo,
nosso soberano.

Quem, ó filho,
quem foi sua mãe?
Uma ninfa dos bosques,
que se uniu a Pã,
quando este percorria as montanhas?
Ou uma companheira de Febo,
a quem foi sempre cara a vastidão dos campos?
Ou quem sabe Hermes?
Ou – quem sabe? – o deus do báquico delírio,
que habita o cimo dos montes,
recebeu você de presente
de uma ninfa da Helicônia,
com quem costumava brincar...

Chega, finalmente, o servo de Laio, um pastor idoso, tão idoso quanto o mensageiro de Corinto, que, embora transcorridos tantos anos, de pronto o reconhece, pois haviam passado juntos três semestres consecutivos, da primavera ao outono, guardando os rebanhos na montanha.

Embora, a princípio, o pastor se recuse a falar, ante as ameaças de Édipo acaba confessando que o menino a que se referia o emissário de Corinto era filho de Laio e lhe havia sido entregue pela mãe, Jocasta, que, por medo dos oráculos funestos que haviam predito que ele mataria o pai, o votara à morte, no alto do Citeron.

– E você o confiou a este homem? Por que não o deixou morrer?

– Por piedade, meu senhor. Pensei que ele seguiria para outras terras e que seria feliz, mas se o senhor é o menino de quem falamos, sem dúvida é bem amargo o seu destino.

– Ah, tudo agora ficou claro! – exclama Édipo, arrasado. – Ó luz do sol, que eu a veja pela última vez, porque hoje me foi revelado que nasci de quem não deveria ter nascido, casei com quem não deveria ter casado e matei quem não deveria ter matado!

Assim dizendo, precipita-se palácio adentro.

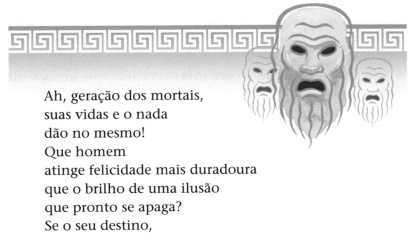

Ah, geração dos mortais,
suas vidas e o nada
dão no mesmo!
Que homem
atinge felicidade mais duradoura
que o brilho de uma ilusão
que pronto se apaga?
Se o seu destino,

ó infortunado Édipo, tomo como modelo,
a nenhum mortal
poderei chamar feliz.
Quem existe hoje mais infeliz que você,
desventurado Édipo,
que, por destruir a virgem profetisa da unha unciforme,
foi proclamado meu rei,
e recebeu de Tebas
as mais supremas honras?
O tempo, que tudo vê,
acabou por condenar
as núpcias absurdas,
em que, há muito, se confundem
gerador e gerado,
filho, pai e esposo.

Ah, antes eu nunca o tivesse visto!
Lamento por você, filho de Laio.

Pouco depois, chega um emissário, encarregado de transmitir os trágicos acontecimentos ocorridos no palácio, que, em breves palavras, se resumem no seguinte: Jocasta está morta e Édipo, cego.

– Como morreu? – pergunta o corifeu, que amava sua rainha.

– Enforcou-se. Quando, tomada de desespero, entrou em seus aposentos, arrancando os cabelos, atirou-se ao leito, invocando Laio, gritando por Édipo, e imprecando contra o tálamo imundo, sobre o qual havia gerado um marido de um marido e filhos de um filho. Édipo, desatinado, ora clamando por uma espada, ora chamando por Jocasta, a esposa que já não era apenas sua esposa, mas mãe, sim, mãe – duplamente mãe –, sua e dos filhos que tiveram juntos, irrompeu pela câmara da rainha e deparou com ela, enforcada. Um grito atroz lhe atravessou a garganta, e, querendo infligir a si mesmo um castigo cruel, depois de soltar o nó corredio, arrancou os alfinetes de ouro das vestes da rainha e furou os olhos, de onde escorreu pela barba uma chuva negra de sangue. Findou assim, transformada em pranto, ruína, infâmia e morte, uma felicidade até ontem verdadeira. Nem as correntes do Íster e do Fázio expurgariam os horrores que estas paredes encerram.

– O que você fez? Como pôde apagar a luz de seus olhos? – pergunta o corifeu, ao ver o rei Édipo aproximar-se cambaleando. – Que deus o moveu?

– Febo. Foi ele que reservou para mim tão atroz sofrimento.

– Melhor seria morrer que viver cego...

– Se tivesse olhos, como poderia encarar, no Hades, meu pai e minha desventurada mãe, contra os quais cometi atos imperdoáveis? E que prazer teria em ver os filhos que gerei como foram gerados? Não quero mais vê-los – afirma. – Nem a cidade. Nem as torres de Tebas. Nem o simulacro dos deuses. Eu mesmo dei ordem de expulsarem o sacrílego, o homem que os deuses revelaram imundo, o filho de Laio.

E erguendo aos céus os olhos cegos, lamenta uma vez mais a sua sorte:

– Ó Citeron, por que me acolheu à sombra de seus bosques? Por que não matou imediatamente o filho de Laio e Jocasta? Ó Pólibo, ó Corinto, antigo lar que acreditei paterno, eis-me, afinal, como sou na verdade: um miserável, filho de miseráveis! Ó tríplice encruzilhada, vale tenebroso, carvalhos frondosos, que sorveram o sangue de meu pai vertido de minhas mãos, vocês se lembram do crime que cometi tendo-os por testemunha? Ó núpcias nefandas, das quais resultou uma amálgama incestuosa de pais, irmãos, filhos, esposas e mães, quanto de mais torpe há no mundo. Vamos, em nome dos deuses, escondam-me, matem-me, ou melhor, atirem-me ao mar, a fim de que eu desapareça para sempre na profundeza de suas águas.

– Eis! – exclama o corifeu. – Neste preciso momento chega Creonte, a quem cabe decidir, por ser agora nosso guardião!

Diz-lhe Édipo, realmente compungido:

– Como posso dirigir-lhe a palavra, Creonte? Como pude ser tão ingrato?

– Não vim para censurá-lo, Édipo, nem para devolver as ofensas recebidas – responde ele com grandeza e, dirigindo-se aos servos, os repreende, dizendo que, já que não demonstraram o menor respeito por um ser humano, deveriam, pelo menos, respeitar o divino Sol, que a todos nutre, e envergonhar-se por terem deixado exposta, sem véu, uma criatura em tal estado de abjeção, ordenando-lhes que a conduzam imediatamente ao palácio, para junto dos seus.

Apesar dessa generosidade, o que Édipo deseja mesmo é partir para bem longe, para um lugar onde ninguém o conheça, ao que Creonte objeta por ser antes necessário saber, através da vontade do deus, qual o seu dever.

– Mas a vontade do deus está bem clara: eliminar o parricida, o impuro.

– É verdade, assim foi dito; porém, é melhor que nos inteiremos bem do que se deve fazer.

– Isso significa, Creonte, que você vai consultar o oráculo para um tamanho desgraçado?

– Sim, vou, e desta vez você tem que acreditar em suas palavras.

– Está bem. Todavia confio-lhe uma incumbência, ou melhor, suplico que sepulte, condignamente, aquela que jaz dentro destas muralhas. Quanto a mim, que esta cidade não seja mais condenada a me ter entre os seus cidadãos. Peço-lhe que me deixe morar nas montanhas, no meu Citeron, que meus pais haviam destinado para minha tumba. Morrerei realizando o desejo de ambos. Em se tratando de meus filhos, não se preocupe; Etéocles e Polínice já estão crescidos. Rogo-lhe, ó príncipe nobilíssimo, por Antígone e Ismênia, que ainda são pequenas.

Nesse momento entram as meninas, soluçando.

– Venham para junto de mim, minhas queridas, para junto destas mãos fraternas, para perto deste pai que, sem nada ter sabido, as semeou no mesmo sulco em que ele mesmo foi concebido. Choro, pensando no amargo futuro que as aguarda, excluídas das festas, das reuniões, dos espetáculos e das núpcias, pois quando chegar a hora de casarem, quem ousará unir-se em matrimônio com portadoras de tão sórdida herança?

E voltando-se para Creonte:

– Escute-me, filho de Meneceu, compete-lhe o papel de pai para elas. Não possuem mais ninguém. Não permita que criaturas de seu próprio sangue vaguem, mendigando, por não terem marido. Tenha piedade delas. Veja como são pequenas. Toque minhas mãos em sinal de assentimento.

– Entre, Édipo, você já chorou bastante.
– Ordenará meu exílio, Creonte?
– Isso só os deuses podem decidir.
– Os deuses sempre me odiaram.
– Então o seu desejo será atendido.

Creonte faz um sinal aos servos para que o reconduzam ao palácio.

As meninas o seguem, e o corifeu conclui:

– Habitantes de Tebas, este é o Édipo que decifrou o famoso enigma e que foi poderoso entre os homens. Não houve quem não invejasse a sua sorte, e, agora, eis o turbilhão de infortúnios em que se precipitou. Portanto, fixem o olhar no dia derradeiro e não julguem feliz um mortal, antes de ele ter chegado ao fim da vida, sem sofrimento.

Édipo não deixa Tebas imediatamente, porém acaba condenado ao exílio, não por Creonte, mas por seus próprios filhos, Etéocles e Polínice, em luta pelo poder, sendo acompanhado por Antígone, que já se fez moça.

Em suas andanças por terras estrangeiras, pai e filha chegam, afinal, a Colona, um local aprazível, que reputam sagrado, dada a abundância de loureiros, de oliveiras e videiras, entre cujas ramagens cantam rouxinóis.

Ao longe despontam os imponentes torreões de Atenas, onde reina Teseu.

Cansado da longa viagem, Édipo apoia-se a uma pedra do caminho e é imediatamente admoestado por um habitante do lugar, pelo fato de estar pisando em solo inviolável, privativo das Eumênides, filhas da Noite.

– Que elas acolham, propícias, este peregrino! – exclama Édipo. – Pois não irei além. É o sinal do meu destino. Em nome dos deuses, não negue a este forasteiro uma informação: onde estamos?

– Vou lhe dizer: vocês chegaram a Colona, um subúrbio de Atenas. Todo este território é sagrado e está sob a proteção do grande Possêidon, deus do mar. Aqui, também, tem sua sede o titã Prometeu, portador do fogo, e o solo em que você pisa é denominado "umbral de bronze", o "baluarte de Atenas". Todos nos orgulhamos de ter, como antepassado, Colono, cavaleiro de nobre família, imortalizado nesta estátua que aqui está, e que deu nome à terra e a seus habitantes. Somos atualmente governados por Teseu, filho do nobre Egeu.

– Você poderia levar uma mensagem a seu rei, para que ele aufira de uma pequena ajuda um grande benefício?

– Vou lhe dizer o que deve fazer, estrangeiro, para que tudo corra bem. Fique aqui, onde o encontrei, até que eu fale com a gente deste lugar. Eles é que dirão se você pode permanecer ou se deve seguir caminho.

E, quando o moço se afasta, Édipo se dirige às filhas da Noite, aquelas que tudo veem, implorando-lhes que não se mostrem insensíveis, nem a ele nem a Febo, que profetizou, em meio a seus tantos e tão notórios males, que um dia finalmente encontraria a paz junto a elas, em sede hospitaleira, tornando-se fonte de bem para quem o acolhesse e de ruína para os que o perseguiram e o votaram a uma vida miserável de exílio.

– Febo assegurou-me – continua – que haveria um sinal: um tremor de terra, um trovão talvez, um raio... Estou convencido de que, se não fosse por vocês, que me guiaram até aqui,

eu não teria pisado neste solo inviolável. E lhes suplico, doces filhas da Noite primordial, e também a Atenas, que a Palas pertence, que, conforme a profecia de Febo, tenham compaixão deste mísero simulacro que se chama Édipo e lhe concedam a graça do repouso final, a menos que julguem que ainda não sofri o bastante.

Ao notar a aproximação de um grupo de anciães, que vem constatar o sacrilégio, esconde-se com Antígone num bosque que há ao lado do caminho.

Trata-se do coro dos velhos colonos, regidos pelo corifeu:

Quem é? Onde está?
Onde se escondeu esse impudente sem igual?
Vamos procurá-lo por toda parte.
Este velho só pode ser um vagabundo...
Sim, um vagabundo e um forasteiro.
Se assim não fosse,
jamais teria calcado
o solo inviolável
destas virgens invencíveis
que trememos ao pronunciar-lhes o nome
que passamos por elas sem alçar os olhos,
sem articular palavra,
sem fazer o menor ruído...
Onde está que não o vemos?

– Estou aqui – diz Édipo, mostrando-se –, mas não me olhem como se eu fosse um ímpio...

– Zeus, protetor, quem é este velho? – pergunta o corifeu.

– Alguém que não foi agraciado com um destino invejável, caso contrário não estaria se arrastando guiado por olhos de outrem e apoiado, assim tão grande, em tão delicados ombros – responde Édipo.

Ó suas pupilas cegas!
Imagino quão vazios,
desolados e intermináveis
sejam os seus dias.
No que depender de mim
você não padecerá
uma nova maldição. Portanto,
saia daí, saia daí, depressa,
saia desse bosque frondoso e silente,
onde, no fundo do vale,
a água que corre
se confunde com doces nascentes.
Fique longe desse lugar, estrangeiro,
e, se tem algo a dizer,
deixe esse recinto consagrado
e chegue até aqui onde é lícito estar.

Amparado em Antígone, Édipo sai do seu refúgio no bosque, não sem antes pedir que não lhe inflijam dano algum.

– Nada tema, ó velho, que ninguém o enxotará daqui – afirma o corifeu.

Édipo, então, aproxima-se lentamente.

Ó infeliz,
agora que adquiriu confiança
e que encontrou um momento de paz,
diga, quem é você que peregrina, cego,
pelos caminhos da dor,
amparado em frágil suporte?
Podemos saber qual a sua pátria?
Qual sua origem, ó estrangeiro,
por parte de pai?

Ao saberem que se trata do filho de Laio, da estirpe dos Labdácidas, os anciãos ordenam a Édipo que – por Zeus! – parta imediatamente, para que sua presença não macule aquela terra, e Antígone, adiantando-se, pede, por tudo que possuam de mais sagrado, um filho, uma esposa, um tesouro, que tenham piedade de seu pai. Eles, por medo dos deuses, mantêm-se inflexíveis.

– De que vale então a glória? De que vale uma bela fama se tudo se esfuma no nada? – fala Édipo. – Todos dizem que Atenas, cidade das mais queridas dos deuses, procura sempre proteger e socorrer o estrangeiro oprimido. E vocês querem me expulsar só por causa do meu nome? Sim, porque não se trata, certamente, da minha pessoa ou das minhas ações, uma vez que minhas ações não foram decididas por mim: foram sofridas por mim. Pensem no que, tendo eu apenas nascido, meus pais fizeram. E, depois, como posso ser um homem maculado se cheguei ao que cheguei sem ter conhecimento de nada, ao passo que aqueles que me fizeram mal e que procuraram me matar, esses sim, sabiam de tudo? Por isso lhes imploro, não ofusquem a fama desta Atenas afortunada: me protejam, me socorram, me defendam. Até o momento em que eu falar com seu soberano, não ajam com precipitação nem com maldade. Sou portador de um grande benefício.

– Não nos resta outra atitude, ó velho, senão nos inclinarmos diante de suas considerações – diz o corifeu. – Já enviamos um mensageiro ao nosso rei e estamos certos de que ele virá assim que souber quem é você, pois seu nome já ecoa ao longo dos caminhos. Aguardaremos a decisão do nosso soberano.

Antígone, sem ainda distinguir nitidamente, vê aproximar-se, acompanhada de um servo, uma mulher a cavalo, que, para se proteger do sol, usa o gorro tessálico dos viajantes. Para grande surpresa sua e de Édipo, essa mulher é Ismênia.

– Caríssimo pai, irmã! – exclama Ismênia ao chegar. – Como foi difícil encontrá-los!

– O que a trouxe até nós, filha querida?

– Estava preocupada com o senhor, pai. E, depois, eu tinha que lhe trazer uma mensagem.

– E que fazem seus irmãos? Continuam adaptados aos costumes egípcios, país onde os homens ficam em casa e as mulheres vão ao mercado? Como acontece com vocês, minhas filhas: Antígone me guia sem trégua, sob sol escaldante, sob chuva torrencial, e você, Ismênia, escondida dos tebanos, como minha fiel sentinela desde o momento em que fui banido de Tebas, me põe a par dos oráculos. E hoje, filha, que novidade tem para o seu pai? Algum novo motivo de temor?

– Vim contar-lhe o que acontece com seus filhos desgraçados. A princípio, Etéocles e Políníce, para não contaminar mais a cidade com a antiga mácula dos Labdácidas, haviam cedido o poder a Creonte. Agora, entretanto, por impulso de um deus ou de suas mentes transviadas, passaram a disputá-lo. Etéocles, mais jovem e impetuoso, arrebatou o trono a Políníce e o expulsou da pátria. Este, segundo voz corrente, buscou refúgio em Argos, onde casou-se com Argia, filha do rei Adrasto, e, cercado de leais companheiros, está convencido de que bem cedo Argos conquistará o solo tebano e elevará aos céus a sua glória. Não se trata de palavras, pai, mas de fatos atrozes.

"Além disso, tenho que lhe transmitir os novos oráculos, que dizem que, um dia, para a sua própria salvação, a gente cádmica fará de tudo para encontrá-lo, vivo ou morto, porque a força de Tebas voltou a residir no senhor e porque a vitória caberá ao lado de quem o senhor estiver."

– Como? Agora que estou aniquilado, tornar-me-ei novamente um homem?

– Os deuses que o rebaixaram agora o estão reerguendo.

– Mas isso é insensato! Reerguer um velho que caiu quando jovem...

– Mas saiba, pai, que dentro em breve Creonte, enviado por Polínice, aqui chegará com o objetivo de levá-lo a Tebas, para mantê-lo em seu poder, porém fora dos muros da cidade, onde o senhor não seja dono de si mesmo.

– Ao menos, uma vez morto, cobrirão meu corpo com terra tebana ou serei relegado aos cães e às aves carniceiras?

– Não, pai, não o cobrirão de terra devido ao sangue derramado, sangue de sua própria estirpe, e isso um dia, quando se aproximarem de sua sepultura, lhes custará muito caro. O senhor sempre protegerá os que o acolherem. Este é o último vaticínio do oráculo de Delfos, do qual tanto Etéocles como Polínice estão cientes.

– Então os miseráveis continuam a antepor o poder à minha dor? Ah, que os deuses não extingam a discórdia entre eles e que seja a mim confiado o êxito dessa luta, caso em que perderá cetro e coroa aquele que ora os detém e não mais tornará à pátria aquele que a deixou. Porque, quando fui expulso, nada fizeram para me reter, nem me protegeram. Deixaram que eu fosse expulso. Poder-se-á argumentar que a cidade nada mais fez senão realizar o meu desejo. Não é bem verdade, porque, no momento em que os tristes fatos sucederam, quando eu ansiava por morrer isolado no Citeron, ninguém atendeu ao meu pedido. Mais tarde, quando já aplacada a minha imensa dor, eu começava a compreender o quanto fora vítima do destino, o quanto a minha fúria incontida me havia levado a punir-me com excessiva dureza e assumir uma culpa que não tive. A esta altura a cidade resolveu me expulsar, e meus filhos, que poderiam – e deveriam – ter erguido a voz em minha defesa, não articularam uma só palavra em meu favor. Fui condenado a vagar, errante, por terras estrangeiras. Estejam certas, queridas filhas, a quem devo o pão cotidiano e o calor de uma família: eles não terão, de minha parte, apoio algum.

Dirigindo-se então ao corifeu, que a tudo esteve presente, prossegue dizendo:

– Se consentirem em proteger-me, com a ajuda das deusas veneráveis, guardiãs deste lugar, terão em mim um poderoso aliado.

O corifeu, condoído com o drama de Édipo, o aconselha a preparar um sacrifício expiatório apropriado às divindades do solo em que pisou.

Em primeiro lugar, oferecer santas libações com água tirada com mãos puras de uma fonte perene; depois, com vasos decorados por artistas, que deverão ter as bordas e as asas ornadas com lã de tenra ovelha, verter libações, estando voltado para o oriente. Serão três libações por vaso, mas o último vaso deverá ser vertido de uma só vez e novamente enchido com água, mel e leite – nada de vinho, pois as Eumênides são inimigas do vinho. Quando a terra tiver absorvido esse líquido, fincar no solo, com ambas as mãos e por três vezes, nove ramos de oliveira, depois elevar a seguinte oração:

"Assim como nós as imploramos, chamando-as de Benévolas, assim acolham com ânimo benévolo este súplice que é portador de salvação".

Depois, voltar-se e não olhar para trás.

– Não posso caminhar, filhas. Faltam-me forças. Uma de vocês poderá cumprir o rito por mim.

– Eu vou – diz Ismênia, dirigindo-se para o bosque, em cujo vale correm as águas da fonte perene. – Antígone, fique e ampare nosso pai.

Intervém o coro dos anciãs, dialogando com Édipo:

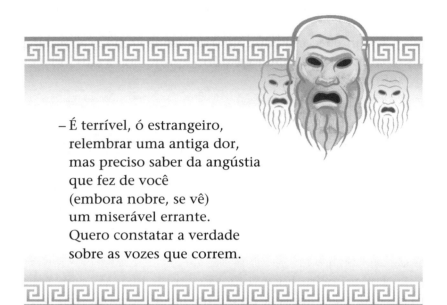

– É terrível, ó estrangeiro,
relembrar uma antiga dor,
mas preciso saber da angústia
que fez de você
(embora nobre, se vê)
um miserável errante.
Quero constatar a verdade
sobre as vozes que correm.

– Ai de mim! – diz Édipo. – Nada do que sofri, seja o deus testemunha!, foi fruto de minha escolha...

– É verdade que partilhou do leito de sua mãe?

– Ai de mim! Minhas duas filhas nasceram de minha própria mãe e são também minhas irmãs.

– Você sofreu...

– Sofri penas que não se olvidam e recebi de minha cidade um castigo que não mereça.

– Que diz? Você não matou seu pai?

– Sim, matei, mas sem saber que era meu pai. Eu não sabia de nada, portanto não agi contra a lei.

Nesse momento chega Teseu, que pelo estado dos olhos e pelas vozes que o acompanharam ao longo do caminho, reconhece, imediatamente, o filho de Laio.

– É com um sentimento de viva compaixão – diz Teseu – que lhe pergunto, desventurado Édipo, se veio até aqui, com sua acompanhante, para dirigir a mim e à minha cidade uma súplica. Não me esqueci de que fui, em minha mocidade, um expatriado como você e de que enfrentei, com risco de vida, perigos incontáveis em terra estrangeira. Por isso não posso furtar-me a socorrer um forasteiro.

Édipo responde com as seguintes palavras:

— Quem sou, quem é meu pai, de onde venho, você bem sabe. Cabe-me agora expor o real motivo de minha vinda. Desejo oferecer-lhe, ó rei, a dádiva deste meu pobre corpo que, verdade, não parece valer muito, mas que trará grandes benefícios se eu aqui morrer e aqui for enterrado. Tudo se concentra nesse ponto.

"Fui expulso de minha pátria, à qual não posso regressar, nem ter nela meu corpo coberto de terra porque, sem saber, matei meu pai. Acontece que, agora, por medo dos oráculos que previram uma fragorosa derrota tebana neste território, Tebas quer a minha volta.

"Hoje existe paz entre Tebas e Atenas; porém, não está longe o dia em que se romperão os laços de amizade entre nossas cidades. Então, meu frio cadáver, adormecido no seio da terra, beberá com avidez o sangue quente dos tebanos mortos, se Zeus ainda é Zeus e se é verdadeiro o filho de Zeus, Apolo.

"Acredite, não se arrependerá, ó rei magnânimo, de ter acolhido Édipo em sua terra."

Teseu atende à súplica de Édipo — que, aliás, considera modesta.

— Você pode contar com minha hospitalidade, Édipo. Não recusarei o favor que me pede. Não o abandonarei. Se quer ficar aqui, deixo o corifeu e os anciães de Colona encarregados de sua segurança. Se, contudo, quiser acompanhar-me, encontrará abrigo em meu palácio.

— Bem que eu gostaria... se pudesse — responde Édipo —, mas este é o lugar onde triunfarei daqueles que me perseguiram. Temo, no entanto, os que estão por chegar.

– Nada tema... E não se preocupe com ameaças, pois são palavras vãs. Se, eventualmente, alguém ousar falar em levá-lo embora, encontrará diante de si um mar imenso, intransponível. Já que foi Apolo que o trouxe até mim, aconselho-o a ter confiança, independentemente do meu auxílio; mas, de todo jeito, meu nome bastará para livrá-lo de dificuldades.

Você chegou, ó estrangeiro,
a uma região rica de cavalos,
à luminosa Colona,
onde,
no fundo de vales verdejantes,
ouve-se cantar o rouxinol,
entre verdes ramagens,
repletas de frutos.
E onde Dioniso brinca, travesso,
com as Ninfas divinas.

Dia após dia,
graças ao orvalho celeste,
florescem, plenamente,
o narciso, grinalda das deusas,
e o crocus, de revérbero dourado.
Dia após dia,
o Céfiso banha e fecunda,
com rápida onda,

o amplo regaço desta terra sagrada,
onde, com fitas de ouro,
as Musas e Afrodite
se erguem para dançar.

Aqui cresce uma planta
que não vingou em terras asiáticas,
nem na ilha dórica de Pelops –
uma planta indomável
que de si mesma renasce.
É a oliveira das glaucas folhas
que nutre nossos filhos
e cuja força ninguém tirará
com mão devastadora:
velam sobre suas frondes
a insone pupila de Zeus
e os olhos azuis de Palas Atena.

Mais posso cantar
em louvor desta terra
que é nossa mãe, dádiva de um deus poderoso,
e meu supremo orgulho:
esplendor de cavalos,
esplendor de potrancas,
esplendor de mares.

Filho de Cronos, Possêidon soberano,
deste orgulho você a ataviou
quando aqui criou o freio que doma os corcéis,
e o remo, maravilhoso,
que doma os mares.

Seguido de forte escolta, surge Creonte.

– Nobres habitantes desta terra – diz ele aos anciães –, vejo em seus olhos surpresa com minha chegada. Não temam nem mostrem hostilidade. Não vim para fazer mal; além de tudo, sou velho e, como tal, bem conheço o poder desta cidade, uma das mais poderosas da Grécia. Devido justamente à minha idade, fui enviado para convencer este homem a seguir comigo, encargo que recebi, não de uma pessoa só, mas de todo o povo tebano.

E, dirigindo-se a Édipo, apela para que volte à pátria, à casa de seus pais, e deixe de perambular errante, apoiado ao frágil braço de uma donzela sem perspectivas de núpcias e sujeita aos mil perigos da estrada.

– Você deve dizer adeus a esta cidade, que é, sem dúvida, digna de seu afeto, mas a sua cidade, a cidade que um dia o nutriu, tem maior direito à sua veneração.

– Você, Creonte, é capaz de tudo... Por que deseja arrastar-me a uma armadilha que me custaria os sofrimentos mais atrozes? Houve um tempo – relembra Édipo – em que, mergulhado na dor, eu tentei evitar o exílio e você não me ouviu. Agora que finalmente estou entre gente que me acolhe e me protege, você procura me seduzir com palavras melífluas, que disfarçam a sua insensibilidade. A graça que ora me concede chega tardia, mascarando substancialmente um dano e um engodo.

"Você veio para me levar não para minha casa, como afirma a sua língua mentirosa, mas para me reter nas cercanias da cidade, a fim de que Tebas saia indene do perigo que correrá em guerra contra Atenas. Esperança vã, Creonte. Aqui habitará, para sempre, meu demônio vingador. E quanto a meus filhos, deixo por herança sete palmos de terra, o quanto basta para suas sepulturas.

"Conheço melhor que você o destino de Tebas, por contar com fontes fidedignas, ou seja, Febo e o próprio Zeus, que é seu pai. Agora vá e deixe-me ficar aqui, que é o que me apraz."

Creonte, vendo fracassar seu intento, declara que acabou de raptar Ismênia e ameaça raptar Antígone se ela não o acompanhar espontaneamente. O corifeu intervém, admoestando-o:

– Você está agindo contra a lei, estrangeiro.

– Não, estou agindo a favor da lei – responde Creonte. – Esta garota me pertence como tutor e chefe da família, direito que Édipo perdeu com o exílio.

– Pobre de mim! – exclama Antígone.

– Peguem a moça! – ordena a seus homens. E voltando-se para Édipo: – De agora em diante, você não poderá mais andar apoiado em suas filhas. Estou agindo – e sou um rei... – em obediência a uma ordem da pátria e dos seus. Em algum momento, não tenho a menor dúvida, você compreenderá que nunca fez bem a si próprio, nem agora nem no passado. Mas, a despeito de tudo, sempre desafogou a sua cólera, o que só lhe trouxe a ruína.

A reação de Édipo não tarda:

– Que as deusas deste lugar não deixem faltar-me voz para maldizê-lo, ó miserável, que pretende ficar impune depois de ter roubado a um cego indefeso o olho que lhe restava. Que o Sol, o deus que tudo vê, lhe conceda uma velhice como a minha!

– Basta! – grita Creonte. – Vou levá-lo à força.

– Pobre de mim! – exclama Édipo.

Nesse momento, o corifeu intervém, dialogando com Creonte, a fim de trazê-lo à razão:

– Com que tamanha audácia você veio, estrangeiro! Acredita mesmo que poderá realizar tal ato?

– Sim, acredito – responde Creonte.

– E eu tenho certeza de que não conseguirá usar de violência contra esse homem – diz o corifeu.

– Isso só Zeus pode dizer, não você.

Então o coro grita:

Príncipes, ó príncipes desta terra,
acorram, acorram o mais depressa possível,
pois todos os limites de ousadia
foram transpostos por este intruso.

Teseu atende a esse grito, interrompendo o sacrifício que oferece a Possêidon – o deus marinho, protetor de Colona – e, conhecedor dos fatos, toma imediatas providências para que as moças não ultrapassem a bifurcação de Una.

Depois, dirigindo-se a Creonte, declara que seu comportamento foi extremamente ofensivo a ele, a seus antepassados e à sua terra. E que, se fosse levado pela cólera, não permitiria que um forasteiro, ignorando a autoridade constituída, violentasse os princípios de Atenas e dela saísse incólume. Afinal, trata-se de uma cidade que pratica a justiça, que não toma nenhuma atitude sem a chancela de Têmis e que não admite o uso de truculência contra um velho cego e duas moças indefesas.

– Acaso pensava, filho de Meneceu, que esta cidade fosse um deserto ou habitada por escravos, ou que eu fosse um soberano inoperante? Faça com que as moças voltem imediatamente se não quiser vir a ser, à força, um residente deste país. Não são palavras vãs, acredite.

– Não considero esta cidade deserta de homens, filho de Egeu, mas estava convencido de que não acolheria um parricida, um impuro que celebrou núpcias incestuosas com a mãe. Eu sabia que, desde tempos remotos, o Aerópago proíbe vagabundos nesta cidade. Foi com esta convicção que me aventurei nesta empresa.

– Desgraçado! – exclama Édipo. – Você não pode me acusar de ter perpetrado voluntariamente os crimes que cometi contra mim e contra os meus. Se, através do oráculo, chegou ao conhecimento de meu pai que ele seria morto pela mão de um filho, como posso ser culpado se nem havia nascido? E, se depois matei meu pai, sem o saber, como posso ser acusado de parricídio? E se desposei minha mãe, não sabia quem era. E você não se envergonha, boca sacrílega, de constranger-me a falar da união com minha mãe, que era sua irmã?

"De uma coisa, porém, estou seguro: você, insistindo nesse ponto, mancha voluntariamente a ela e a mim.

"E agora, a você, que vive me censurando, proponho a seguinte questão: se um indivíduo, sem que você lhe tivesse feito mal algum, se avizinhasse e tentasse agredi-lo, você procuraria saber se é seu pai ou trataria de defender-se? Foi o que se deu comigo, por vontade dos deuses. Penso que nem mesmo meu pai, redivivo, haveria de me contradizer, ao passo que você, que não tem a mínima noção de justiça, se compraz em me insultar diante desta gente que me acolheu e não cessa de elogiar Teseu e o bom governo de Atenas. Acaso esqueceu-se de que, se há uma terra no mundo que protege o estrangeiro indefeso, esta terra é Atenas, de onde você procurou arrancar este velho suplicante e raptou as suas filhas?"

– Chega de conversa! – ordena Teseu. – Vamos, Creonte. Se escondeu as moças aqui por perto, você mesmo me mostrará onde se encontram. Se, pelo contrário, os raptores estiverem longe, serão perseguidos e não poderão agradecer aos deuses por terem saído vivos desta terra. Ande, caminhe. Você compreende que os papéis se inverteram? O destino transformou em caça o caçador. Não se conserva o que se conquista pela fraude.

– Enquanto estou aqui, você pode dizer o que quiser. Mas, uma vez de volta à pátria, saberei como proceder.

– Ameace à vontade. Mas agora é melhor ir andando. Édipo, espere aqui, com toda tranquilidade, e esteja certo de que não descansarei enquanto não devolver as suas filhas.

Oh, se eu pudesse ir
até o lugar onde os inimigos,
cobertos de bronze,
se enfrentarão, em lutas fragorosas,

ao longo da baía pítica de Elêusis,
ou nas praias reluzentes de tochas,
onde as deusas venerandas,
Deméter e Perséfone,
preservam os santos mistérios
para os mortais, que guardam sob a língua
a chave de ouro do silêncio iniciático.

Aí, creio que, em breve,
o valente Teseu,
entre confiantes gritos de guerra,
encontrará as duas irmãs.

E se elas seguiram na direção do poente,
rumo aos picos nevados,
fugindo dos pastos de Ea,
ou a cavalo,
ou em carros ligeiros?

Pouco importa:
o inimigo será vencido.
É tremenda a força dos atenienses.
Já brilham os freios,
já toda se lança, a rédeas soltas,
a cavalgada dos jovens
que honram Atena e Possêidon.

A minha mente já sonha com a salvação
de quem tanto tem sofrido
por culpa dos consanguíneos...
Hoje Zeus porá termo a tudo isso.
Sou profeta da vitória.

Passado algum tempo, Teseu, acompanhado de forte escolta, chega com as moças.

Édipo, ao ter novamente nos braços as duas criaturas que mais ama no mundo, dirige-lhe as seguintes palavras:

– Estou bem ciente, príncipe nobilíssimo, de que você as salvou. Que os deuses concedam muita fortuna a você e ao seu país. Somente entre vocês, em minha vida errante, encontrei verdadeira bondade. Receba, pois, soberano, meu preito de profunda gratidão.

– Cumpri minha palavra, ó velho. Aqui estão suas filhas sãs e salvas de todo o perigo que as ameaçava. Da luta que enfrentei e como a venci, elas falarão. Agora, mudando de assunto, gostaria de saber a sua opinião a respeito de um fato de que tomei conhecimento quando vinha para cá. Disseram-me que um homem, um parente seu, chegou de improviso e sentou-se, súplice, aos pés do altar de Possêidon, colocando-se sob a proteção do deus. Deseja, ao que parece, falar com você e depois retornar, pelo mesmo caminho, para o lugar de onde veio. Acaso você tem algum parente em Argos?

– Sei quem é o suplicante, soberano. É meu filho. Um filho que detesto. Ouvi-lo me causaria imensa dor.

– O que custa ouvi-lo, Édipo? Pense que, como suplicante, ele se colocou sob a proteção do deus.

Antígone intervém e o convence a receber o irmão, pois mesmo que este tenha cometido os atos mais ignóbeis, ele, como pai, não deveria pagar o mal com o mal...

– Pai, quem recebe o bem paga com o bem. Eis Polínice.

Polínice se aproxima, sozinho, vertendo copioso pranto. Mostra-se extremamente triste com a condição do pai, proscrito, com a sujeira dos farrapos que o cobrem incorporada a seu corpo decrépito, de ventre malnutrido. Lamenta ter percebido tão tarde o quanto o seu comportamento foi infame, predispondo-se a corrigir os erros cometidos.

Mas, na verdade, como ficou dito, é muito tarde. Édipo não lhe dirige uma única palavra.

– Por que o senhor se cala, meu pai ? Fale alguma coisa. Não me rejeite.

– Fale você, desventurado, o que o trouxe aqui? – pergunta Antígone.

– Falarei, irmã. Mas antes invoco em minha defesa o deus de cujo altar o rei desta terra me tirou, para eu vir até vocês, garantindo-me o direito de falar, de ouvir e de partir em plena segurança.

"É tempo de confiar-lhe, ó pai, a razão de minha vinda. Eis-me aqui exilado como o senhor, porque, sendo o primogênito, pretendi subir ao trono como monarca absoluto. Etéocles, então, mesmo sendo mais jovem, não pelo valor nem pela sabedoria, mas por ter conquistado as graças do povo, assumiu o poder e expulsou-me da pátria.

"Na raiz de tudo isso jaz, como confirmaram os áugures, a maldição que pesa sobre o senhor...

"Quando cheguei à dórica Argos, desposei a filha de Adrasto e reuni, sob juramento, os sete príncipes mais famosos do Peloponeso para marchar sobre Tebas com um contingente de sete exércitos, em cuja planície ora se encontram. Lá estão Anfiarau, ao mesmo tempo adivinho e guerreiro notável; Tideu, o herói etólio, filho de Eneu; Hipomedonte, sobrinho de Adrasto, de força prodigiosa e talhe colossal; Capaneu, homem gigantesco e violento, que não teme os deuses e proclama aos quatro ventos que incendiará Tebas; o árcade Partenopeu, digno filho de Atalanta, que deve seu nome à prolongada virgindade da mãe; Etéoclo, o argivo; e eu, seu filho, pronto para conduzir a

Tebas a intrépida armada e lá, na luta pelos meus direitos, expulsar o usurpador ou morrer.

"Se os oráculos merecem crédito, vaticinaram que a vitória caberia àqueles ao lado de quem o senhor estiver. Peço-lhe, por nossas origens, pelos deuses de nossa estirpe, que me apoie. Somos dois estrangeiros, dois mendicantes – tivemos o mesmo destino! –, ao passo que Etéocles vive na opulência e ri-se de nós. Se o senhor me acompanhar, voltará em breve e com honras para a sua casa. Sem o senhor não terei condições de sair vivo deste intento."

– Polínice – diz Édipo –, você não ouvirá de minha boca uma só palavra que possa adoçar a sua vida. Foi você que fez de mim um apátrida a mendigar o pão cotidiano, pois quando fui expulso, o rei de Tebas era você, não Etéocles. Sem estas filhas que

gerei, há muito teria morrido, mas a você e a Etéocles não acredito ter gerado, por isso o demônio da estirpe os tem sob a mira – e muito em breve, se é verdade que sete exércitos estão às portas da nossa cidade.

"Você não destruirá Tebas. Cairá, em combate corpo a corpo, ao mesmo tempo que seu irmão. Esta maldição, mais poderosa que a sua súplica e que a sua reivindicação ao trono, será ouvida por Dikê, a justiceira. Agora vá, e que meu ódio o acompanhe, infame entre os infames. Vá e leve com você esta maldição: que jamais reconquiste a terra cádmica, que jamais retorne às planuras de Argos; que o seu destino seja abater o irmão que o expulsou, ao mesmo tempo que você cair, abatido pelas mãos dele. Agora vá e anuncie aos tebanos e aos argivos, seus fiéis aliados, o tipo de privilégio com que distingui meus filhos."

– Ai de mim, ai de meus companheiros, pelo meu fracasso! A que ponto cheguei partindo de Argos! Não posso mais voltar atrás nem revelar a ninguém a verdadeira situação. Não me resta senão calar e ir ao encontro do meu destino. Irmãs, agora que ouviram a maldição implacável de um pai, em nome dos deuses, espero que não me neguem a devida sepultura e que me tributem as honras fúnebres segundo os ritos.

Antígone suplica a Políníce que desista de atacar Tebas, pois, se o fizer, estará dando cumprimento à profecia paterna.

Políníce responde que o pai está predizendo aquilo que deseja, mas que cabe a ele, Políníce, evitar a morte. Além do mais, argumenta que não será portador de más notícias, pois um bravo comandante deve dar a conhecer sua força e não sua fraqueza.

– Adeus, irmãs, não mais me verão com vida. A mim não resta senão percorrer a via infausta designada por meu pai e por suas Erínias. Que a vocês Zeus conceda um próspero caminho, se quando eu morrer me cobrirem de terra. Rogo aos deuses que as mantenham longe dos infortúnios. Todos sabem que não merecem sofrer.

O éter troa, ó Zeus!
Enorme, inaudito,
irrompe o fragor divino,
e de novo irrompe.
Por quê?
Ele jamais se manifesta sem trazer infortúnio.
Tenho medo...

Mas venha, filho, venha...
Que no fundo do vale extenso, amplo e aberto,
você santifique com sacrifícios
o altar de Possêidon, deus do mar.

– O trovão! – exclama Édipo. – Eis o tão esperado trom de Zeus que, dentro em breve, me fará descer ao Hades! Filha – pede a Antígone –, depressa, mande chamar Teseu! Preciso, em troca do bem que recebi, cumprir a promessa que fiz no momento em que fui acolhido, como desejava.

Acorram todos.
À nossa gente,
aos nossos amigos,
o hóspede

quer retribuir
o bem recebido.
Acorra depressa, soberano.

Teseu, chegando, pergunta:

– Habitantes de Colona, estrangeiro, que grito é esse que se ergue, límpido e claro de suas gargantas? Que sucede? Um raio de Zeus? Uma chuva de granizos? Quando os deuses desencadeiam tormentas, pode-se imaginar qualquer coisa...

– Eu o aguardava, soberano – diz Édipo. – Um deus deseja que o forasteiro lhe traga sorte. A minha vida está no fim, e não quero partir sem antes cumprir a promessa que fiz a você e à sua cidade. A sorte que lhes reservo – e que agora revelo, filho de Egeu – não caducará com o passar dos anos. Mostrar-lhe-ei, eu mesmo, sem necessidade de guia, o caminho que conduz ao lugar onde devo morrer e que, enquanto você viver, deve ser conhecido de você e de mais ninguém, ficando assim assegurada uma proteção mais valiosa que mil escudos e lanças.

"Guarde em segredo esse lugar, até o momento de confiá-lo a seu herdeiro e este a seus sucessores, quando estiver chegando o fim de seus respectivos dias. Desta maneira você estará preservando Atenas da devastação tebana.

"Os sinais do deus me impelem: sigamos depressa para o vale extenso. Filhas, venham comigo. Agora sou eu quem as guia. Deixem que eu mesmo encontre o local sagrado onde deverei ser coberto de terra. É por aqui. Hermes, o mensageiro de Zeus, e Perséfone, a deusa do mundo subterrâneo, me acenam. Ó luz, que para mim não brilha, mas que um dia me pertenceu, pela última vez sinto aquecer meu corpo! Já me apresso a depositar no Hades a última porção da minha vida... E agora, dileto anfitrião, que sejam felizes, você, sua terra, sua gente e, na prosperidade, lembrem-se de mim. Que a Fortuna os acompanhe sempre!"

Se me for dado dirigir
uma súplica a Perséfone, deusa da escuridão,
e a você, Hades, soberano das trevas,
peço-lhes que,
sem percalços,
sem angústias e sem queixas,
o estrangeiro atinja
a casa de Estige,
que tudo esconde.
Se por muitos e absurdos sofrimentos foi vencido,
que, agora, um deus o exaltando,
lhe faça justiça.

Ó deusas subterrâneas,
a vocês e a você também, Cérbero,
enorme fera invencível,
guardião indomável do Hades,
filho da terra e do Tártaro,
eu rogo que abram passagem
para o hóspede que desce
às ínferas plagas.

    A um soldado ateniense, que acompanhou Teseu, cabe transmitir a notícia da morte de Édipo aos habitantes de Colona, contando que ele havia chegado, sem ajuda, aos degraus de bronze que levam a uma das muitas veredas que dali partem para o vale, local onde repousaria para sempre. Junto a uma pereira silvestre, parou, despiu seus míseros trapos e pediu

às filhas que trouxessem água corrente. Elas correram à colina de Deméter, trouxeram água, lavaram o pai e lhe puseram, segundo o costume, um belo traje. Isso cumprido, ouviu-se o trom de Zeus subterrâneo.

– Édipo despediu-se das filhas com estas palavras: – diz o soldado – *Queridas filhas, deste momento em diante o pai de vocês deixa de existir. Estejam certas de que ninguém as amou mais intensamente que este homem, sem o qual viverão até o fim de seus dias.*

"Depois de muitos abraços, prantos e soluços convulsos, quando não se ouviu voz nem lamento algum, reinando absoluto silêncio, surgiu uma grande e inesperada luz – a luz de um deus –, e o deus o chamou: *Vamos, Édipo, por que essa demora em partir? Há muito o estou esperando.*

"Édipo, então, aproximou-se de Teseu, nosso soberano, e implorou que cuidasse de Antígone e Ismênia com sincero afeto, o que ele jurou cumprir. A seguir, tocando as filhas com as mãos, pediu a elas que se afastassem, sem pretender ver ou escutar o que lhes era interdito. A Teseu pediu que ficasse, pois só a ele cabia esse direito.

"Afastamo-nos as moças e eu. Quando, logo depois, nos voltamos para um último adeus, Édipo já havia desaparecido. Vimos Teseu, cobrindo os olhos com as mãos, como que para proteger a vista de algo espantoso, prostrar-se e invocar, numa mesma oração, a Terra e o Olimpo. Como Édipo morreu, só Teseu sabe. Não foi um fulgor flamejante que o levou, nem um furacão marinho, mas um enviado dos deuses – ou talvez a própria terra, a sede escura dos deuses, tenha-se aberto para recebê-lo, propícia."

Quando Teseu aparece, as moças lhe pedem, chorando, que as leve até o local onde o pai jaz, mas ele nega, devido à promessa feita ao finado:

– Ele mesmo, filhas minhas, me deu ordens expressas de não permitir que ninguém se aproxime da santa tumba onde repousa. Assim fazendo, manterei afastadas de minha terra todas as desgraças. Esse nosso pacto foi testemunhado pelo Juramento, ministro de Zeus, que tudo escuta.

– Se essa foi a sua última vontade... – diz Antígone, conformada.

– E agora que nosso pai morreu, que faremos, irmã? – pergunta Ismênia.

– Vamos pedir a Teseu que nos leve a Tebas para ver se podemos evitar o desastre que paira sobre nossos irmãos – responde Antígone, enxugando as lágrimas.

GLOSSÁRIO

Aerópago: colina ao pé da acrópole (parte mais elevada das antigas cidades gregas); espécie de assembleia onde as autoridades gregas se reuniam para discutir e decidir o destino das *polis* (cidades).
Afrodite: deusa da beleza e do amor.
Apolo: deus que conduz o carro do Sol; é tomado muitas vezes pelo próprio Sol. Nasceu na ilha de Delfos.
Ares: deus da guerra.
Argivo: de ou pertencente ou relativo à cidade de Argos.
Argos: antiga cidade do Peloponeso, na Grécia.
Atena: deusa do pensamento, filha de Zeus.
Baco: deus do vinho, filho de Júpiter e de Sêmele. Foi criado pelas ninfas de Nisa.
Cadmo: filho do rei Agenor e fundador de Tebas.
Caledônia: província dos antigos bretões, atual Alta Escócia (Highlands), na região norte da Escócia.
Céfiso: deus-rio da Beócia, filho de Oceano e Tétis.
Cérbero: cão-vigia do Hades (o Inferno).
Citeron (ou Citerão): monte que ficava perto de Tebas, no qual Édipo, ainda criancinha, fora abandonado por seus pais.
Corinto: rica cidade da Grécia antiga, rival de Atenas e de Esparta.
Cronos: um dos titãs e deus do tempo.
Dáulia: pequena cidade situada perto de Delfos.
Delfos: cidade da Fócida, famosa pelo templo dedicado a Apolo, onde a pitonisa comunicava seus oráculos. Ficava nas proximidades do Monte Parnaso.
Deméter: deusa da agricultura, filha de Cronos e Reia.
Dioniso (ou Dionísio): uma das designações de Baco.
Egeu: rei de Atenas, pai de Teseu; deu origem ao nome do mar Egeu.
Eneu (ou Eneus): rei da Caledônia.
Erínias: outra designação das Fúrias.
Esfinge: ser fantástico que, a meio caminho de Tebas, propunha enigmas aos viajantes e devorava quem não os adivinhasse.
Eumênides: outra designação das Fúrias.
Febo: uma das designações de Apolo.
Fortuna: deusa do destino, da sorte.

Fúrias: deusas que perseguiam e puniam os criminosos. São também chamadas Erínias.
Hades: o rei dos infernos; a morada dos mortos.
Hermes: filho de Zeus; mensageiro dos deuses e deus da eloquência, do comércio e dos ladrões.
Infernos: região subterrânea, o reino de Plutão ou Hades. Para lá se dirigiam as almas depois da morte.
Labdácidas: descendentes de Lábdaco.
Lábdaco: rei lendário da antiga Tebas, na Grécia.
Lício: um dos apelidos de Apolo; lício significa "da Lícia", região da Ásia Menor, segundo alguns, pátria de Apolo.
Mênades: bacantes, mulheres que acompanhavam Baco nas alegres festas desse deus.
Musas: filhas de Zeus, protegiam as artes, as ciências e as letras.
Ninfas: divindades femininas menores, eram ligadas aos elementos da Natureza.
Olimpo: a mais alta montanha da Grécia; morada dos deuses e deusas, especialmente de Zeus.
Pã: nascido na Arcádia, era o deus dos campos e dos pastores.
Palas: apelido da deusa Atena, protetora de Atenas e muito venerada em Tebas, onde tinha dois templos. Ver **Atena**.
Parnaso: monte da Grécia, ao nordeste de Delfos, consagrado a Apolo e às musas.
Peloponeso: região no sul da Grécia.
Perséfone (ou Prosérpina): esposa de Hades.
Possêidon: deus do mar, filho de Saturno e de Cibele.
Prometeu: deus do fogo, era filho do titã Japeto.
Tártaro: lugar mitológico e subterrâneo, onde estão as almas dos mortos; inferno. Ver **Hades**.
Tebas: cidade da Beócia, famosa na Grécia antiga.
Têmis (ou Justiça): filha do Céu e da Terra; numa das mãos empunha uma espada e, na outra, sustenta uma balança.
Teseu: filho de Egeu e rei de Atenas.
Tirésias: o mais célebre adivinho dos tempos heroicos. Nasceu em Tebas.
Titã: cada um dos gigantes que, segundo a mitologia, pretenderam escalar o Céu e destronar Zeus.
Zeus: pai e soberano dos deuses.

QUEM É CECÍLIA CASAS?

Advogada e professora de idiomas, Cecília tem dedicado sua vida especialmente às artes e às letras. Pinta e desenha com extrema habilidade, traduz textos técnicos e literários, escreve contos, romances e poemas, contando hoje com mais de quinze títulos publicados.

A paixão de Cecília pela literatura levou-a a traduzir e adaptar *Tristão e Isolda* e *A guerra dos botões* e a escrever *Eros e Psique*. Pela Scipione, publicou, na série Reencontro Literatura, *A Divina Comédia* e, agora, esta importante tragédia clássica grega: *Édipo Rei*. Além disso, adaptou *Pinóquio* e *A volta ao mundo em oitenta dias* para a série Reencontro Infantil.